밤하늘 드림
Night sky dream

별,
개다
그립네

〈일러두기〉
이 책에는 일부 시적 허용이 포함되어 있습니다.

별, 개 다 그립네

초판 1쇄 발행 2020년 7월 30일

지은이 밤하늘

펴낸이 조기흠
편집이사 이홍 / **책임편집** 유소영 / **기획편집** 송병규, 정선영, 임지선, 박단비
마케팅 정재훈, 박태규, 김선영, 홍태형, 배태욱 / **디자인** 필요한 디자인 / **일러스트** 차희라
제작 박성우, 김정우

펴낸곳 한빛비즈(주) / **주소** 서울시 서대문구 연희로2길 62 4층
전화 02-325-5506 / **팩스** 02-326-1566
등록 2008년 1월 14일 제 25100-2017-000062호

ISBN 979-11-5784-430-2 03810

이 책에 대한 의견이나 오탈자 및 잘못된 내용에 대한 수정 정보는 한빛비즈의 홈페이지나
이메일(hanbitbiz@hanbit.co.kr)로 알려주십시오. 잘못된 책은 구입하신 서점에서 교환
해드립니다.
책값은 뒤표지에 표시되어 있습니다.

⌂ hanbitbiz.com 🄵 facebook.com/hanbitbiz 🄽 post.naver.com/
hanbit_biz ▶ youtube.com/한빛비즈 🄾 instagram.com/hanbitbiz

지금 하지 않으면 할 수 없는 일이 있습니다.
책으로 펴내고 싶은 아이디어나 원고를 메일(hanbitbiz@hanbit.co.kr)로 보내
주세요.
한빛비즈는 여러분의 소중한 경험과 지식을 기다리고 있습니다.

별, 개다 그립네

한 줄 노랫말이 백 마디 위로보다 나을 때

밤하늘 지음

한빛비즈
Hanbit Biz, Inc.

머리말

김하늘로 살아가는 김하늘의 생각들을 참 많이도 사랑했습니다. 그것들이 속절없이 흘러가는 것이 아쉬워서 어릴 때부터 글을 써왔습니다. 공책에 적어둔 글들을 반 친구들이 꺼내서 다 같이 소리 내어 읽어 한바탕 망신살이 뻗쳐도, 곧바로 나만의 암호를 개발해서 다음날부터 다시 글을 쓸 만큼 글쓰기를 사랑했습니다.

피아노를 전공하면서 글만큼이나 음악도 사랑하게 됐고, 열아홉 무렵부터는 높은 소리로 외치고픈 말들과 낮은 소리로 읊조리고픈 말들을 노래로 만들어 불렀습니다.

음악인 밤하늘로 살게 되면서 밤하늘의 가사들 또한 많이 사랑받기를 원하게 되었습니다. 이 책은 아직 세상에 전하지 못한, 제가 아끼는 가사들을 모은 것입니다.

어떤 가사들은 제가 유리병 속에 넣어둔 편지입니다. 매일 밤 천장에 그리운 이의 얼굴이 파노라마처럼 펼쳐져도, 오랜 날 서성이다 끝끝내 전하지 못하고 불현듯 바다에 띄워 보낸 파도에 넘실대고 있는 마음입니다. 망망대해에 내던져놓고선 먼 백사장을 홀로 거니는 그이의 발치에 우연히 닿아 나의 고백이 들키기를 소망하던 염치없는 마음들이 모래알한 알만큼이라도 당신께 가 닿기를 바랍니다.

어떤 가사들은 안락사 당한 제 사랑이 남긴 유언장입니다. 가망 없이 시름시름 앓던 사랑이 숨을 거두기 직전에 이럴 거면 왜 나를 잉태하고 왜 나를 키웠느냐고, 당신이 맘대로 지은 사랑이라는 이름이 평생 내게 어울리지 않았노라고 이 악무는 소리를 면목 없이 받아 적어둔 유언장입니다.

또 어떤 가사들은 종이비행기로 접어 날리는 제
일기장 한 페이지입니다. 먹구름과 이별이 빼곡히
적힌 종이비행기는 슬픈 당신의 귓가에 스치고 마
음에 내려앉기를, 그래서 당신이 주섬주섬 펼쳐 읽
어보시곤 공감과 위로를 얻으시기를 바랍니다. 햇살
과 사랑이 가득히 적힌 종이비행기는 당신의 올라간
입꼬리를 스치고 입술에 내려앉기를, 그래서 당신이
절로 흥얼거리다가 사랑과 행복이 깊어지기를 바랍
니다.

끝으로, 우후죽순 자라나던 제 가사들을 책으로
엮어 예쁜 꽃다발로 만들어주신 한빛비즈 유소영 팀
장님과 근사한 일러스트로 한껏 향기를 더해주신 차
희라 작가님께 감사합니다. 가사들을 노래로 만들어
낼 수 있도록 애써주시는 쥬스미디어 관계자 분들과
그 노래를 아름답게 불러주는 모자루트 팀원 킴학스
에게도 감사함을 전하고 싶습니다.

아울러 나만 나를 인정하는 것 같아 다 포기하
고 싶던 때에 천재라고 치켜세워주셔서 움츠러들 때

6

마다 박차고 일어날 수 있게 해주신 JYP 박진영 님께 감사합니다.

무엇보다 원작자도 자주 까먹고 틀리는 가사들을 토씨 하나 틀리지 않고 암송하고 계시는 고마운 팬 분들께 항상 감사하고, 항상 늦은 새벽까지 무언가를 끄적이고 있는 큰 아들을 든든하게 응원해주시는 부모님께 감사합니다.

2020년 여름
밤하늘 드림

차례

1부

새벽 두 시 반

이별하던 날,

작별하던 밤도,

어쨌든 마주보고 있었으니까

어쨌든 혼자 울진 않았으니까

별, 걔 다 그립네

– <별, 걔 다 그립네> 중에서

* <별, 걔 다 그립네> 1, 2절 후렴 가사를 섞은 것. 가사들은 이렇
게 하나의 단어에서 문장으로, 문장에서 문단으로, 합쳐지고 쪼개지
고 새롭게 만들어져서 하나의 곡으로 탄생한다.

기다림은 나만의 나쁜 습관이니까

매일매일 나도 모르게 아파하고 있어

– <잘 자, 내 몫까지> 중에서

* 이 가사는 15쪽에 나오는 가사와 합쳐져 <잘 자, 내 몫까지>라
는 곡이 되었다.

서운해 서운해

서운해서 우네

사랑 받지 못해서 우는 거지만

내가 너무 불쌍해 보일까 봐

네가 너무 나빠 보일까 봐

나는 서운해서 운다고 할래

- <서운해> 중에서

* 이 가사는 나중에 모자루트의 데뷔곡 <서운해>의 가사가 되었다.

마음만 떠났던 너

이젠 진짜로 떠나버려서

잠이 올 리가 없지

너도 올 리가 없고

잘 자, 내 몫까지

- <잘 자, 내 몫까지> 중에서

헤어지고 나서야 한결같은 너

헤어지고 나서야 게을러진 나

– <말이야> 중에서

* <말이야>의 가사는 위 두 줄의 가사에서 시작되었다.

변변치 않은 날 어떻게

변치 않고 사랑해

나도 못하는 중인데 평생

좋은 꿈꾸라고

하고 싶지만

혹시 내가 나타나서

좋은 꿈이 깨질까 봐

비가 오는 날엔

우산을 잃어버릴 리가 없잖아.

그래서 나는 널 결코,

그래서 너는 날 기어코.

낮에 했던 네 생각

한 번씩만 더 하면

이 긴긴 밤도

다 지나갈까

억울하게도

헤어질 때조차

내 가슴만 뛴다

간대서 가랬다

오래도 안 온다

요즘 니가 너무 차가워서

미지근한 말이라도

뜨겁게 기다려

나 잠들기 전에 한번만

무표정으로 무미건조하게

사랑, 아니 좋아한다고 말해 줘

요즘 니가 떠날 것 같아서

처음 입을 맞춘 순간보다

가슴이 두근거려

떠나기 전에 하루만

처음처럼만 대해줄 순 없니

아냐, 이젠 차가운 니가 익숙해

너의 하루에 그만 끼어들게

내 빈자리 같은 거 딱히 없잖아

반짝 사랑하고 식어버린 너를

반 짝사랑 중인 나는
모른 척해야
내일 널 볼 수 있겠지

-연주 중-

너의 하루에 그만 끼어들게
내 빈자리 같은 거 딱히 없잖아
반짝 사랑하고 식어버린 너를
반 짝사랑 중인 나는
모른 척해도
내일 널 볼 수 없겠지

나는 한숨이고
귀찮고 하찮을 테니까
내일이 되면
또 내일이라 하겠지

- <반짝사랑>

널 기다리다 보니

기다리지 않음 또한

기다려진다.

사랑할 수 없다면

사랑스럽지도 말지

- <또 시작이야> 중에서

* 37쪽 가사 중 일부. 마음에 들어서 따로 메모해두었다.

나만큼 널 사랑하는 사람이 또 있겠지

그 사람도 나처럼 놓치길 바라

– <말이야> 중에서

네가 내 마음에 박아둔 못들에

추억을 액자 삼아 걸어두고 있어

별, 헤다 그림니

잘 지내냐고 묻고 싶지만

괜히 내가 물어 봐서

덜 잘 지내게 될까 봐

어릴 때부터 바라보던

꿈과 사랑들.

돌이켜 보니 나는 늘

올려다보고 있었다.

널 기다리는 내 마음이

썩어가는 건지 익어가는 건지

* 이 가사 역시 느낌이 좋아서 따로 빼놓은 가사이다. <열 밤 자고 나면> 가사의 일부인데, 여러 번 다듬으면서 살짝 달라졌다.

사랑해달라는 말은

낭떠러지로 가는 길

나는 그냥 천천히

아무 말 없이

내리막을 느낄래

알고 보니 나는
서운함이 아니라
사랑 받지 못함을
참아냈었다.

사랑스러운 널 사랑하고

사랑하는 널 사랑한다 하기엔

내 안에서 가장 빛나는 건 살얼음이야

사랑스러운 널 사랑하고

사랑하는 널 사랑한다 하기엔

내 안에서 가장 따뜻한 건 먹구름이야

봄, 그리고

또 또 시작이야 나

또 네가 떠올라

지겹고 지긋지긋한데

멈출 수 없어

지울 수 있는 건

모두 지워버렸는데도

또 시작이야 나

또 너를 생각해

이런 나를 네가 알게 되면

넌 미안해 할까

그만 좀 하라 할까

아니면 나답다며 웃어넘길까

오늘은 널 뭐라고 불러야 할까

추억보다는 아프고

상처보다는 소중해

그래 오늘 넌
내 마음속의 작은 걸림돌
무뎌지지 않는 약점
도망칠 곳 없는 외딴섬

-연주 중-

또 시작이야 나
또 널 그리워 해
이런 버릇 언제쯤 고칠까

아직도 나에겐
빈자리가 없어
네가 없는 네 자리가 있을 뿐

오늘은 널 뭐라고 불러야 할까
추억보다는 아프고
상처보다는 소중해

그래 오늘 넌

내 마음속의 작은 걸림돌

무뎌지지 않는 약점

도망칠 곳 없는 외딴섬

내일은 꼭 뭐라도 널 탓해야겠어

사랑할 수 없다면

사랑스럽지도 말지

그래 넌

내 마음속의 잠겨 있는 방

미워할 수 없는 악당

머리맡에서 없어진 인형

– <또 시작이야>

그대 나를 건너지 말고 남아 줘

그대 나를 거르지 말고 남겨 줘

내 계절이 연거푸 헛바퀴 돌고 나면

그때, 그제서야

그대 나를 마지못해서 버려 줘

그대 나를 만지작거리다 버려 줘

모진 말들 삼키다

목 끝까지 차올라도

고장난 내가 산산이

부서질 때까지 버티다가

그때, 그제서야

못난 나는 못되게

미안함은 따로 버려 주오

- <고장난> 중에서

가지 말라 해도 갈 거잖아

오래도 안 올 거잖아 오래

다 니 맘대로 할 거면서

내 맘은 왜 물어 봐

난 늘 뻔한데

울겠지 이젠 내 사랑

온 세상에서 니가 제일 말릴 테니까

왜 니 맘대로 하면 내가 아프고

왜 내 맘대로 하면 또 내가 아플까

지켜지지 않았던 너의 약속들

세어보다 밤 새운다 밤새 운다

– <밤새운다> 중에서

오르지도 못할 나무

꼭대기에 피어 있는

꽃향기가 맡고파서

언제쯤 흘러내리나

목 빠지게 기다리다

고개 든 채로 시들었지

- <짝사랑>

사랑이란 단어

읽자마자 과거형

쌍시옷 받침들의

얄미운 눈웃음

나중에 행복한 날

펑펑 상상하려다

너까지 금세 읽혀

골똘히 울었다.

- <이별편지>

사랑을 어떻게 지워

그냥 덧칠하는 거지

아무리 다치고 다쳐도

내 마음은 닫힐 줄 모르니까

끝이라고 그치라고 다그치셔봤자

내 맘대로 맘이 안돼요

- <고장난> 중에서

그만 그리워하자는

다짐도 그리움일까

그만 생각하자는

생각도 네 생각일까

내 감정의 핸들

우리 관계의 브레이크

모두 너에게 양보

낮과 밤만 바뀌고

우리 맘은 그대로

엉켜 버린 우릴 풀어봤자

이미 끊어져 있을 텐데

너는 나의 아직이야

너는 나의 요즘이고

오늘따라, 내일따라

.

.

.

.

.

.

.

- <너는 나의 서울이야> 중에서

나 버리지 마

놓아 버리지 마

떠나 버리지 마

가 버리지 마

내가 뱉은 말들에 나만 아파 또

나 버리지 마

놓아 버리지 마

떠나 버리지 마

가 버리지 마

내가 뱉은 말들에 나만 아파 또

난 당분간 꾸준히

사랑할 것 같아

난 너답지 못해서 미안해

내가 울어도

넌 행복하겠지

그래서 난 한 번 더 울고

난 불쌍할래
안쓰러울래
마음에 걸려서라도
마음속에 있을래

난 불쌍할래
안쓰러울래
아냐
미안하게 해서 미안해
미안하게만 해서 미안해

-연주 중-

난 기어코 헤프게
아파할 것 같아
넌 거들떠도 안보겠지만

내가 아파도
모르고 싶겠지

그래서 난 한 번 더 아파

난 불쌍할래

안쓰러울래

마음에 걸려서라도

마음속에 있을래

난 불쌍할래

안쓰러울래

아냐

미안하게 해서 미안해

미안하게만 해서 미안해

- <나 버리지 마> 중에서

아물지는 못하고
저물기만 하겠지만

아무래도 나는 널
암울해도 너를 난

당신이 나를 그리워하지 않아서
돌아가고 싶단 말도 못하고

당신이 나를 그리 원하지 않아서
다가가고 싶단 마음도 못 품고

사랑하면 닮는다는데
차가운 당신 마음 닮지 못하는
나는 이제 당신을 사랑하지 않는 걸까

사랑하지만 닮지 못해
차갑게 뒤돌아서지 못하는
나는 아직 당신을 사랑하나 봐

내가 무언가 잘못한 게 아니라
당신이 생각을 잘못한 거야

내가 무언가 잘못한 게 아니라
당신이 사랑을 잘 못하는 거야

사랑하면 닮는다는데

차가운 당신 마음 닮지 못하는

나는 이제 당신을 사랑하지 않는 걸까

사랑하지만 닮지 못해

차갑게 뒤돌아서지 못하는

나는 아직 당신을 사랑하고 있는데도

상처 많은 내가 싫다며

얄궂게 당신마저 날 버리면

지금 받은 상처는 누가 어떻게 보듬어주나

– < 길고양이 >

널 잊는다는 건

어떤 느낌일까

마음이 식는다는 건

어떤 느낌일까

니가 떠오르지 않는 밤

아른거리지 않는 천장은

어떤 느낌일까

하필 왜 너를 만나서

하필 왜 너를 알아서

딱 하루만 내 하루에

니가 조금도 없다면

어떤 느낌일까

– <흐느낌> 중에서

부풀은 내 마음이 기특해
부풀린 대답하지 말아요

고작 난 얕고 장난스러운 말들에
잠 못 이루니까요

절뚝거리는 내 웃음을 향해
잔인하게도 두 팔 활짝 벌리면

고장난 내 마음은 부스스 깨어나
삐걱거리면서 마중 나가요

– <고장난> 중에서

세상이 춥고 유난히 어색해

눈물 고이면 망원경 삼아서

그댈 맴도는 나를 담아 봐요

동그란 내가 반듯이 따듯해

- <위성> 중에서

。
2부

달
콤,

달,

달

우리 같이 덥고 같이 덮자

마침표 대신 입맞춤을 쓰자

숨 막히게 숨 쉴 만한 우리 귓가에는

여름밤에도 캐롤이 울릴 거야

우리 같이 놀고 같이 놀리자

모음을 보여 줘 자음을 채워 줄게

오늘 밤도 파도가 뜨거울 테니까

나를 밝혀 줘 너는 내게 등대

우리 눈 가리고 아웅 하자

서로 안팎에서 문 두드려 보자

속눈썹까지 잔뜩 얽히다 보면

내일 밤까지는 좀 삐걱댈 거야

내 품에 안겨 눈을 감으면

심장이 양쪽에서 뛸 거야

– <어린이별> 중에서

* 61, 62, 66쪽의 가사는 원래 모두 다른 시기에 쓰여진 가사였으나,
미니앨범 <연청춘> 수록곡인 <어린이별>의 가사로 합쳐졌다.

니 마음만 걱정하면 돼

난 나를 알고 너만 알아

내 마음에는 너만 심어서

너만 자라날 거고

내 마음에는 너만 자라서

너만 피어날 거야

넌 가시조차 향기로울 거야

– <어린이별> 중에서

남자는 다 늑대고

보름달은 네가 띄웠어

오늘 밤은 내가 밝힐게

무정이 깊어지면 우정이듯이

우정이 깊어지면 사랑이어라

사랑이란 나를 나답지 않게 만드는 것

사랑이란 나를 시답지 않게 만드는 것

사랑이란 나를 미덥지 않게 만드는 것

이별은 어른들 거야
머나먼 날에 떠난다 해도
난 오늘부터 슬퍼할 거야

이 별은 어른들 거야
거짓들만 가득한 여기서도
우린 말끝마다 행복할 거야

- <어린이별> 중에서

돌고 돌아서

난 결국 그대였고

우린 결국 우리였나 봐요

나 뒤돌아서서

뒷걸음질 쳐도

못 이기는 척 꼭 안아주세요

여태 어디 있다가

이제야 나타난 거예요

저번에 저저번에 그때 나타났으면

여태 행복할 뻔했는데 나

자꾸만 삐져나오는 걸 보니

내 마음은 반곱슬인가 봐요

너의 송곳니 뒤편에 닿고 싶어

나 혼자 그리던
천생 연분홍빛 마음에
그대가 눈도장 찍어 주면
그때는 사랑일까요

남몰래 흥얼거리던
이름과 쉼표와 고백에
그대가 흔쾌히 응해 주면
그때는 사랑일까요

그제야 사랑일까요

아직 나의 사랑은
사랑이 아니에요
그대가 완성시켜 줘요

이대로 내버려 둬도
아름답겠지만
우리가 더 아름다워요

우리는 더 아름다워요

– <미완 美完 >

찌릿했으니

짜릿해지다

저릿해지자

TV에 나오는 사람들은 딱 둘로 나뉘었지

1. 너에 버금가는 사람

2. 너를 닮은 사람

If your eyes are blind,

I'll be your golden retriever.

내가 사랑하는 너를

너도 사랑한다면

너를 사랑하는 내게

너의 사랑을 맡겨

당연하듯 찾아가면 돼

뻔뻔하게 입 맞추면 돼

말 잘 듣던 입꼬리가

땡깡 부린다면

너를 사랑하는 내게

너의 사랑을 맡겨

헤프게 안아줄 거야

이쁘게 닿아줄 거야

앙코르!

진주 같은 눈동자에

또 또 물개 박수를!

우리 사랑에

흠은 있어도

틈은 없기를

뭉쳐둔 마음이 태산이야
사랑까지 쌓으면 구름에 닿아

자라난 마음이 턱밑이야
까치발 들어서 입술에 닿아

누르는 마음이 왼쪽이야
들키는 소리가 사방이야

나의 마음가짐

나의 몸가짐

너도 알잖아

가진 게 많은 거

니가 세상에서 제일 불쌍해

너만 널 못 보잖아

니가 세상에서 제일 예쁜데

너만 널 못 본다니

니가 세상에서 제일 못됐어

하나밖에 없잖아

조금만 더 노력해서

쌍둥이로 태어나주지

복 받은 사람이 둘이 되게

모든 걸 다 뭐든지 다

해주고픈 마음이지만

너는 이미 나까지 다 가져 버려서

해줄 게 고백밖에 없는 걸

그댄 탁월한 이목구비 매무새를

세포분열 때부터 구상하셨군요

뭐랄까 당신은
공감각적으로
사랑스러워요

나긋한 입꼬리
도톰한 목소리
간지러운 향기

턱 괸 손
당 신 의
꽃 받 침

제 꿈의 고정출연자로

당신을 캐스팅할래요

출연료는 매일 아침마다

모닝콜로 지급하겠습니다

그대 눈빛 그윽이 스치면

싱숭생숭해진 내 맘은

sing a song "Chanson"

* 샹송(chanson) 「명사」『음악』 프랑스 대중 사이에서 널리 불리는 가요. 가사의 내용이 중요시되며, 쿠플레(couplet)라고 하는 이야기체 부분과 르프랭(refrain)이라고 하는 반복 부분으로 되어 있다.

보고 싶을 때마다

백 원씩 입금되면

삼 일이면 등록금도 벌겠네

보고 싶을 때마다

벽돌 한 장씩 쌓으면

올해 안에 만리장성 쌓겠네

보고 싶을 때마다

한 뼘씩 가까워지면

내일 아침이면 눈도 같이 뜨겠네

보고 싶을 때마다

밥 한 숟갈씩 먹으면

아침 점심 저녁 야식

간식 폭식 이유식

돼지 되겠네 꿀꿀

보고 싶어서 꿀꿀해

입꼬리 넘실대는 내가 아니고선

마주 볼 때 박동은 누가 알겠습니까

시침에 토라지는 내가 아니고선

맞이할 때 걸음은 누가 달아봅니까

– <달맞이 꽃샘추위>

3부

하늘에 별이 빛난다

아 오늘 아침도

눈을 뜨고야 말았다.

패자부활전 시작.

나는 나니까 날 수 있어
나는 나니까 빛날 수 있어
날 향해 쏘아붙이던 말들은
별이 된 나를 빛낼 폭죽이 될 거야

3부 하늘에 피는 꽃나무

난 우리 집의 북극곰이야

집이 좁아져도 이유를 몰라

화장실이 하나 녹았나 봐

이제 어디 숨어서 울지

난 우리 반의 명왕성이야

다들 모르지만 나 여기 있어

친구가 한 명도 없으니까

친구들이 내 이름 다 알아

까만색 아빠 차를 붕붕 타고파

파란 비행기 슝슝 파란 기차 타고파

아냐 난 이제 다 커 버렸지만

유모차를 타 보고 싶어

-연주 중-

우리 집은 다 반곱슬이야

남들이 보기엔 번듯해도

반나절이면 원래대로야

까만색 아빠 차를 붕붕 타고파
파란 비행기 슝슝 파란 기차 타고파
아냐 난 이제 다 커 버렸지만
유모차를 타 보고 싶어

– <유모차>

오늘도 나만 나 같았어

거창한 꿈은 거추장스럽다.

넌

세상이

공평하다고

주장할 수 있는

삶을 당첨 받은 거니

그거 참 불공평하다 얘

밤 고양이

난 내가 떠오르는 별인 줄 알았는데

날 때부터 날고 있는 별들을 위한 폭죽이었어

이제 아마 내 눈가는 멀리서 보면 흰 벽,

가까이서 보면 폭포일 거야

아이는 꿈이 부품

어른은 부품이 꿈

미움의 근원은 질투와 열등감이야.

너보다 못난 사람이 밉디? 무시하지.

믿을 만한 사람을 아직 못 찾은 건지

사람은 원래 믿으면 안 되는 건지

"세상은 돈이 전부가 아니다" 같은 말은

부자가 해야 신빙성 있을 테니까.

복권을 잔뜩 샀더니

부모님이 미안해하셨다.

죽도 밥도 안 될 거라 참견하지 마요

내가 애초에 쌀이 아니란 것도 모르면서

당신 왜 거기 있어

나는 왜 여기 있어

우리 왜 여기 됐어

흐느끼는 사람들

엄마 품에 안겨서

곤히 자는 아이들

엄마를 부르면서

슬피 우는 엄마들

싫증이 애증으로

느껴지려 했는데

집착을 애착으로

느껴보려 했는데

육개장아 밤새 끓어라

난 기어코 먹고 살아야지

살아봐야지

살아가야지

살다 가야지

* 할아버지 장례식 끝나고 쓴 가사.

걘 글러먹었으니까 포기해.

너가 뭐라 말해 봐야 소용없을 걸.

남의 말 듣고서 본인의 잘못을 반성하고

개선하기 위해 애쓸 정도의 사람이면

애초에 너한테 그 정도 상처를 안 줘.

돈 때문에 많은 것을 버린 자의

세상에서는 돈이 가장 소중해야 해

그래야지 그가 속물이 아니니까

사랑 때문에 많은 것을 버린 자의

세상에서는 사랑이 가장 소중해야 해

그래야지 그가 바보가 아니니까

한순간의 타협으로

어쩌면 평생의 컨셉이 결정되는,

어른은 끝없는 합리화의 동물.

돈으로 행복은 살 수 없어도
'불편하지 않음'은 살 수 있어

돈으로 행복은 살 수 없어도
'불안하지 않음'은 살 수 있어

돈으로 행복은 살 수 없어도
'불행하지 않음'은 살 수 있어

시간이 약이다.

좋은 약은 쓰다.

지금은 좋은 시간이다.

나보다 크나큰 나의 위성

나보다 빛나는 나의 후광

나보다 향기로운 꽃받침

바라봐도 바랄 게 없네

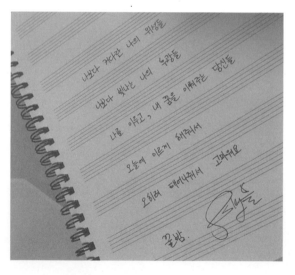

* 2019년 9월 팬들에게 헌정한 가사로, 처음엔 사진 속 가사였다가
위와 같이 다듬어졌다.

4부

선율을 입은 가사들

0. 열 밤 자고 나면

열 밤 자고 나면 돌아오신단 그대
기다리면 정성이 갸륵해서
나에게 마음 한 켠 내주련지

첫째 밤 달을 보며 허전함보다 무서운
그대 혹여 날 버리시려 멀리 가셨단
두려움에 몸서리쳐

둘째 밤 별을 세면서 연락 한번 없는 무심함에
눈물 글썽이다 잠을 청해

셋째 밤 비오는 거리를 서성이며
우리 처음 만난 그날처럼 맑게 개인 하늘을 그리워 해

넷째 밤 돼서야 그대 맘에 나를 맡기려 했죠

-간주-

닷째 밤 달빛에 그대 미소가 아른거려
나도 절로 미소 짓다가 밤공기마저 날 비웃어

엿째 밤에 문득 내 맘이
여물어가는 건지 썩어가는 건지 내가 가여워

그대로 인해 흘린 눈물은
한 방울도 헛되이 닦아내기가 죄송스러
일주일 되도록 밉단 말도 한 번 못하고서
미운 그댈 내내 원망해 내가 기다리는 것도 잊었나

여덟째 밤 달님은 반쪽이 되어 떠올라도
내 님 향한 맘은 두 배가 되어 날 괴롭혀

아홉 번의 꿈을 꿔도 얼굴 한번 비추지 않으시는
그대는 참 야속해
허나 변치 않는 맘을 약속해

열 밤 자고 나면 돌아온다던 그대

더 늦어도 좋으니 부디

* 19살 때 지은 가사로, 맨 처음 노래로 완성되었다.

1. 서운해

그냥 보고 싶다고 말해줘요

그냥 사랑한다고 말해줘요

그냥 나밖에 없다 말해줘요

그렇지 않더라도

나도 그대가 바쁜 것도

내게 신경 쓰기 힘들단 것도 알아요

알고 있지만 나에겐 하루가 이렇게 긴데

빈말 한마디 해줄 틈도 없으실 리가

서운해 서운해 서운해 서운해

서운해 서운해 나는 서운해서 우네

서운해서 우네 서운해서 우네

서운해 서운해 그냥 서운해서 우네

내가 얼마나 아끼는지

기를 쓰고 애를 쓰고 있는지 아나요

알고 있지만 나 대신 곁에 있는 그 사람들

그댈 나보다 사랑할 리 없다는 걸 모르시나

서운해 서운해 서운해 서운해

서운해 서운해 나는 서운해서 우네

서운해서 우네 서운해서 우네

서운해 서운해 그냥 서운해서 우네

서운해 서운해 서운해 서운해

내가 너무 불쌍해 보일까 봐

그대가 너무 나빠 보일까 봐 그냥

서운해서 우네 서운해서 우네

서운해 서운해 나는 서운해서 우네

그냥 보고 싶다고 말해줘요

그냥 사랑한다고 말해줘요

그냥 나밖에 없다 말해줘요

* 제목 옆 QR코드를 찍으면 완성된 노래를 들으실 수 있습니다.

2. 잘 자 내 몫까지

잠이 올 리가 없지

너도 올 리가 없고

달이 져버린 것처럼

너도 날 저버렸으니까

기다림은 나만의

나쁜 습관이니까

매일매일 나도 모르게

아파하고 있어

그 어려운 걸 해내고 있는데

눈물만을 선물로 주는 너

잘 자 내 몫까지

잘 자 나 대신에

난 오늘도 못 자

혹시나 해서 말이야

잘 자 내 몫까지

잘 자 그리고 잘 가

난 오늘도 잠이 안 와서

네 꿈도 못 꾸네

기다림은 나에겐
익숙한 일이지만
매일매일 나도 모르게
후회하고 있어
너는 너무 쉽게 다가왔으니까
떠나는 건 더 쉬울 텐데
잘 자 내 몫까지
잘 자 나 대신에
난 오늘도 못 자
혹시나 해서 말이야
잘 자 내 몫까지
잘 자 그리고 잘 가
난 오늘도 잠이 안 와서
네 꿈도 못 꾸네

잘 자 내 몫까지
잘 자 나 대신에

네가 돌아오는 건

꿈도 꾸지 않으니까

잘 가 마음 편히

잘 가 오늘은 더 멀리

마음만 떠났던 너

이젠 진짜로 떠나버려서

잠이 올 리가 없지

너도 올 리가 없고

달이 떠오른 것처럼 너도

3. 별, 걔 다 그립네

별 별

별 게 다 그립네

별, 걔 다 그리워

떠난다고 말하던

그 목소리도 그리워

다 알면서도 또 묻고파져

별 별의별 시덥지 않은

장난들도 자꾸 떠올라

떠나버린 것도 유난히 긴

장난이라 믿고 싶어지니까

그만 좀 떠올라주지

그만 좀 괴롭혀주지

이별하던 날

작별하던 밤도

어쨌든 마주 보고 있었으니까

별, 걔 다 그립네

달달했던 나날들보다
울던 날이 어제 같아서
좋은 사람으로 기억하고파도
상처들이 고개를 저으니까

그만 좀 떠올라주지
그만 좀 괴롭혀주지
이별하던 날
작별하던 밤엔
어쨌든 혼자 울진 않았으니까
별, 걔 다 그립네

기다리지 말라던
그 목소리도 그립고
용감하게도
감히 마음껏 기다린
내 마음도 그리워

4. 말이야

최선을 다하지 않는 법을

나에게 왜 가르쳐 줬어

헤어지고 나서야 게을러진 나는

게으르게 너를 잊어가

최대한 미루고 미루다가

이것저것 핑계 대다가

난 원래 이렇다고 투덜투덜대다가

마지못해 널 잊어볼게

나만큼 잘 해주는 건 바라지도 않았어

뭐라도 해주기만을 바랐는데

내가 많이 좋아하는 거 알지?

근데 있잖아 이제 와서 생각해보니

난 항상 너무 많이 좋아해서 탈이야

나 혼자 말이야

난 항상 너무 많이 좋아해서 탈이야

헤어지고도 말이야

맨날 나 혼자 말이야

나만큼 널 사랑하는 사람이 또 있겠지

그 사람도 나처럼 놓치길 바라

내가 많이 아파하는 건

몰라도 돼

이미 되돌이킬 수 없이

망가져버린

난 항상 너무 많이 좋아해서 탈이야

나 혼자 말이야

난 항상 너무 많이 좋아해서 탈이야

헤어지고도 말이야

맨날 나 혼자 말이야

난 쓸데없이

기억력이 너무 좋아서 탈이야

너는 다 잊었을 텐데

난 항상 너무 오래 기다려서 탈이야

너는 오지 않을 텐데

헤어지고 나서야 한결같은 너는

돌아오지 않을 텐데

5. 3호선

너와의 기억에서
언제쯤 내릴 수 있을까
내리는 문은 어디일까
혹시 없진 않을까

너와의 추억들을
얼마큼 지나쳐 온 걸까
되돌아갈 순 있겠지만
되돌릴 수는 없어

아무런 의미도 없이
수천 번 오갔던 이 길이
너를 만나러 가던
너와 함께하던 길이 되어서
차마 갈아탈 수가 없어

아 이 많은 사람들 중에

아 네가 없다는 게

아 그 많은 시간들 속에서

내가 내릴 수 있을까

아무도 나에게

말을 걸어주지 않던 이 길이

너를 만나러 가던

너와 함께하던 길이 되어서

자꾸만 내게 말을 걸어

아 이 많은 사람들 중에

아 네가 없다는 게

아 그 많은 시간들 속에서

내가 내릴 수 있을까

내가 잊을 수 있을까

* 후렴('아 이 많은~'부터)은 모자루트 멤버 킴학스가 작사한 것이다.

6. 너는 나의 서울이야

너는 나의 서울이야

너는 나의 부산이고

너는 나의 여수 밤바다

너는 나의 옥상과 달빛이야

너는 나의 밤 산책

너는 나의 초승달과 반달

너는 나의 텅 빈 하루

너는 나의 반 짝사랑

너는 나의 구름 뒤편의 별

너는 나의 시작이야

너는 나의 시절이고

너는 나의 흐느끼는 느낌

너는 나의 아까 운 마음

너는 나의 새로 운 눈물

너는 나의 물거품이 돼 버린 품

너는 나의 아직이야

너는 나의 요즘이고

오늘따라 내일따라

7. 니 얼굴 실화냐

너네 동네에서
제일 예쁜 건 너일 테고 당연히
그 다음으로 예쁜 건
니 거울일 거야

나에게 사랑스런 얼굴이면 충분하니까
다른 사람이 반하기 전에
수염이라도 길러

너 같은 얼굴로
살아가는 기분이 어떨지는
평범한 나는 알 수 없겠지만

너 같은 여신을
매일 마주보는 기분이 어떨지
궁금해 알려줘
자비를 베푸소서

오 나의 아프로디테
앞으로 디테일하게 모실게요
여신은 꼬시는 게 아니라
모시는 거니까

오 나의 아르테미스
야릇한 미소에 홀린 나를
사냥감으로 장난감으로
아니야 신랑감으로

니가 예쁘다는 건
너도 나도 서로 알고 있지만
내가 널 예뻐한다는 건
너 혼자 모르나 봐

오 나의 아르테미스
당신은 달의 여신이니까
어두운 나의 밤하늘에
달빛을 비춰줘요

그렇지만 난 그저 헤파이스토스

나는 당신 성에 차지 않겠죠

날 찾지 않겠죠

다른 사람이

당신을 차지하겠죠

。 부록

밤하늘

부록 1. 맺음말 대신 전하는 저자 인터뷰

저자 : 밤하늘

본명 : 김하늘

이 책은 왜 쓰게 되었나?

어렸을 때 꿈은 당연히 세계적인 피아니스트였을
것 같지만, 어렸을 때 꿈은 시인이나 소설가가
되는 것이었다. 글 쓰고 스토리 짜는 것을
좋아했다. 초등학교 5, 6학년 때부터 음악을
배우기 시작했지만, 고등학교 때까지 책벌레였다.

누가 읽었으면 좋겠나?

전 국민.

한글을 아는 전 세계 재외동포들과,

그들의 2세까지.

누가 읽지 말았으면 좋겠나?

미래의 나 자신.

왜 읽지 말았으면 하는 것인지?

지금 자신이 아는 척을 많이 했구나 싶을 것 같다.

그리고 가까운 지인들이 보면 민망할 것 같다.

누가 이 책을 두 번 세 번 읽었으면 좋겠는지?

동생.

대체 무슨 심보인가.

괴로울 테니까. 집에서 칠렐레 팔렐레 하고 있는

형이 멋진 척 하는 말들을 써둔 거 읽으면.

혹시 누군가가 이 책을 찢을 가능성이 있는지?

미래의 나 자신.

작곡이 아니라 작사를 더 잘한다고 주장하는 이유는?

나의 장점은 주제파악이다.

하다 보면 작사 쪽으로 일이 더 잘 풀린다.

곡을 쓰거나 피아노를 칠 때보다 작사를 할 때

칭찬을 더 많이 들어왔다.

누가 나보다 작사를 잘하면 승부욕이 생긴다.

2018년 11월호 <윤종신>을 보고 가사를 너무

잘 써서 화가 난 적이 있다(벼락치기).

아이유 님도 작사를 너무 잘하셔서 승부욕이

발동한 적이 있다.

왜 피아니스트가 되지 않고 다른 길을 걷기 시작했는지?

이것도 어떻게 보면 승부욕인데,

16살 무렵에 친구가 콩쿨에 나가서 1등을 했다.

그때 나는 평생 연습을 해도 저렇게 칠 수

없겠다는 생각이 들었다. 하지만 내가 이들보다

더 잘하는 것이 뭐라도 있을 거라고 생각했고,

나보다 책을 더 많이 읽은 사람은 없을 것이란

생각도 들었다.

주로 어떤 내용을 가사로 쓰는지?

김하늘로 살아가는 김하늘의 생각들을 가사로

쓴다. 거의 모든 가사가 경험담이다.

작사할 때 가장 중요하게 생각하는 것은?

유니크해야 한다.

이미 쓴 가사 중에서도 어디서 많이 본 말이

있으면 폐기한다. 불행하게도 비교적 늦게

태어나서 좋은 가사들을 선배들이 선점해

버리셨다.

최근 자신에게 영향을 준 곡을 꼽으라면?

Paul, Rain

난 아니에요

가장 좋아하는 작사가는?

권정열(십센치), 최정훈(잔나비), 오혁(혁오)

작사가로서 꼭 해보고 싶은 것은?

책을 내는 것.

문학상을 받아보고 싶음.

평소 본인 성격은?

유쾌하고 활발하고 장난기가 많다.

붙임성은 좋은데 사교성이 떨어진다. 자발적 아싸.

피아노에게 바라는 점이 있다면?

가벼웠으면 좋겠다. 피아노 치는 사람이 피아노가

없으면 그냥 평범한 사람이 된다.

주로 영감님이 오시는 시간은?

시도 때도 없이. 일상적일 때. 대중교통 타고 있을

때.

아끼는 가사인데 아직 곡을 못 붙인 것이 있다면?

"그만 그리워하자는 다짐도 그리움일까"

가장 애정이 가는 가사는?

"나만큼 널 사랑하는 사람이 또 있겠지,

그 사람도 나처럼 놓치길 바라"

"떠난다고 말하던 그 목소리도 그리워"

가사는 어떻게 만드는가?

꽂히는 문장 하나가 생기면 거기에 살을
붙여나간다.

앞으로의 계획은?

앞으로도 꾸준히 글을 쓸 것이다.

27살 정도에 한국대중음악상을 받고,

28살 정도에는 결혼을 하고 싶다.

30살 이후 유희열 님이 은퇴하시면 <밤하늘의
스케치북>으로 프로그램을 물려받고,

김연아 님 다음으로 문화체육부장관이 되고 싶다.

예술학교를 세우는 것이 꿈이다.

이름은 하늘예술학교로 이미 정해 놓았다.

하늘장학재단을 설립하고 싶다. 음악은 돈이 많이
드니까.

이렇게 썼지만 앞으로 내 미래가 어떻게 될지는
모른다.

부록 2. 너무 야해서 삭제 당한 시

* 저자의 간곡한 요청으로 삭제합니다.

자기 발자국
지우려고 애쓰는
강아지(?) 일러스트 있으면
어울릴 것 같습니다!

하트모양
전기뱀장어..

* 일러스트레이터님, 감사합니다.

부록 4. 밤하늘 자화상

밤하늘이 생각하는 본인의 얼굴

밤하늘이 생각하는 메이크업 받은 얼굴

그만 그리워 하자는 다짐도
그리움일까

너는 나의 아직이야
너는 나의 묘름이고
오늘따라
내일따라

사랑을 어떻게 지워
그냥 덧칠하는 거지